Boto Rosa

Certa vez, um grupo de turistas passeava pelo amazonas quando surgiu um elegante e bonito rapaz que se aproximou e disse para um integrante do grupo:

— Você não deveria andar por aqui vestido assim.

— Por quê? — perguntou o rapaz que vestia roupas brancas e usava um chapéu.

— Porque, vestido assim, você pode ser confundido com o boto rosa.

— COMO É QUE É? VOCÊ ACABOU DE DIZER QUE O BOTO

É ROSA! E EU ESTOU VESTIDO DE BRANCO! É ISSO MESMO?

— AH, JÁ VI QUE VOCÊS NÃO CONHECEM A LENDA...

— QUE LENDA? — RESPONDERAM OS TURISTAS.

— SENTEM-SE QUE EU VOU CONTAR PRA VOCÊS.

É RÁPIDO, PROMETO!

TODOS SE SENTARAM AO LADO DO MOÇO SIMPÁTICO
E, MUITO CURIOSOS, PREPARARAM-SE PARA OUVIR:

— O BOTO É UM ANIMAL MUITO CONHECIDO NO BRASIL.
OLHEM, TEM UM BEM ALI NA FRENTE! — DISSE ELE APONTANDO
PARA O RIO AMAZONAS.

OS TURISTAS OLHARAM E LÁ ESTAVA O BOTO,
TODO FORMOSO.

— QUE LINDO! UM ESPETÁCULO! — DISSE O RAPAZ

DE BRANCO.

— SIM, É REALMENTE UMA BELEZA. NA AMAZÔNIA, HOJE,
É POSSÍVEL ENCONTRAR DOIS TIPOS DE BOTO: O TUCUXI E O
ROSA. POR SER MUITO BRINCALHÃO, O ROSA ATRAI MULHERES
E CRIANÇAS PARA OS RIOS. SEGUNDO UMA LENDA DAQUI,
ELE PROTEGE A TODOS QUANDO HÁ RISCO DE AFOGAMENTO.

AS PESSOAS CONTAM TAMBÉM QUE O BOTO ROSA TEM FAMA DE CONQUISTADOR. QUE ELE SEDUZ AS MOÇAS QUE DANÇAM NAS FESTAS DA CIDADE, AS QUE TOMAM BANHO NOS RIOS E TAMBÉM AS QUE NAVEGAM, SOZINHAS, EM PEQUENAS CANOAS.

— NOSSA! ENTÃO, EU REALMENTE POSSO SER CONFUNDIDO COM ELE! — BRINCOU O RAPAZ DE BRANCO, ARRANCANDO GARGALHADAS DOS AMIGOS.

— SEGUNDO AS HISTÓRIAS, NAS NOITES DE FESTAS JUNINA, O BOTO ROSA SE TRANSFORMA EM UM HOMEM MUITO BONITO E ENCANTADOR. TODO CHEIROSO E ELEGANTE, ELE SAI DA ÁGUA PARA CONQUISTAR O CORAÇÃO DA MOÇA MAIS BELA QUE ENCONTRAR PELO CAMINHO.

— OBA, EU ESTOU GOSTANDO MUITO DA HISTÓRIA! — DISSE NOVAMENTE O ENGRAÇADO RAPAZ DE BRANCO.

— NAS NOITES DE SANTO ANTÔNIO, SÃO JOÃO E SÃO PEDRO, ENQUANTO OS RIBEIRINHOS FAZEM FOGUEIRAS E DANÇAM QUADRILHAS AO SOM DAS SANFONAS, O BOTO SEMPRE APARECE COMO UM HOMEM DESCONHECIDO. E ADIVINHE COMO SE VESTE: TODO DE BRANCO.

— AH, AGORA, ENTENDI!

— MUITO CUIDADOSO, PARA QUE NÃO DESCUBRAM SEU SEGREDO, USA SEMPRE UM CHAPÉU PARA ESCONDER O PEQUENO BURACO NA CABEÇA, POR ONDE RESPIRA. ELE FREQUENTA AS FESTAS E SE DIVERTE MUITO. SIMPÁTICO, GANHA SEMPRE A ATENÇÃO DE TODOS E O CORAÇÃO DE LINDAS GAROTAS. MAS, ANTES DO AMANHECER, RETORNA AO FUNDO DOS RIOS, ONDE MORA, E VOLTA A SER O BOTO ROSA.

— MUITO SEDUTOR, O BOTO ENFEITIÇA AS MOÇAS INDEFESAS DE TAL MODO, QUE NAS NOITES SEGUINTES ELAS VÃO SE ENCONTRAR COM ELE NAS MARGENS DOS RIOS. DIZEM ATÉ QUE ELE LEVA A ESCOLHIDA PARA UM PASSEIO EM SEU PALÁCIO, QUE FICA NA PROFUNDEZA DAQUELAS ÁGUAS.

— QUANDO UMA MOÇA FICA GRÁVIDA E OS RIBEIRINHOS DESCOBREM QUE ELA SE ENCONTRAVA SECRETAMENTE COM O BOTO, A HISTÓRIA SE ESPALHA E A FRASE É SEMPRE A MESMA: "FOI O BOTO, SINHÁ!"

— DEPOIS DE ALGUM TEMPO, TODOS PASSAM A ACREDITAR QUE O BEBÊ QUE A MOÇA ESPERA É FILHO DO BOTO.

— OS MARIDOS E NAMORADOS TRAÍDOS ODEIAM O BOTO ROSA. ACHAM ATÉ QUE ELE PODE SER O MAIOR E MAIS PODEROSO RIVAL DOS HOMENS.

— COMO COLOCAM A CULPA DA TRAIÇÃO DE SUAS MULHERES NO PODER DE SEDUÇÃO DO BOTO, MUITOS PESCADORES CAPTURAM E MATAM ESSES BICHOS PARA FAZER AMULETOS DA SORTE. INFELIZMENTE, ESSA PARTE DA HISTÓRIA NÃO É LENDA. POR ISSO, O PERIGO DE EXTINÇÃO DA ESPÉCIE NO BRASIL É CADA VEZ MAIOR.

AO OUVIREM O RELATO DO HOMEM, OS RAPAZES FICARAM CHOCADOS. ATÉ O ENGRAÇADINHO DA TURMA FICOU CALADO, ENQUANTO UM DOS AMIGOS RESOLVEU FALAR SÉRIO:

— AS PESSOAS PRECISAM SABER QUE É MUITO IMPORTANTE RESPEITAR AS MANIFESTAÇÕES FOLCLÓRICAS, MAS ISSO NÃO PODE COMPROMETER A SOBREVIVÊNCIA DOS BOTOS OU DE QUALQUER OUTRA ESPÉCIE DE ANIMAIS OU PLANTAS.

EM SEGUIDA, O RAPAZ QUE VESTIA A ROUPA BRANCA FOI LOGO TIRANDO O CHAPÉU.

— VOU TROCAR DE ROUPA JÁ. EU É QUE NÃO QUERO SER CONFUNDIDO COM O TAL BOTO! — DISSE, ARRANCANDO GARGALHADAS DE TODOS AO SEU REDOR.

QUANDO OS RAPAZES JÁ ESTAVAM BEM LONGE, O HOMEM QUE CONTOU A HISTÓRIA TIROU O SEU CHAPÉU, ACENOU E DISSE:

— BOM, DESTA DISTÂNCIA JÁ É SEGURO TIRAR O CHAPÉU. EU NÃO QUERIA ASSUSTAR OS RAPAZES...